CATALOGUE
DES
TAPISSERIES
Faïences Anciennes
PORCELAINES DE CHINE & DU JAPON, DE SÈVRES & DE SAXE
OBJETS DE CURIOSITÉ
Tableaux Anciens et Modernes
BRONZES D'ART ET D'AMEUBLEMENT
TRÈS BEAU MOBILIER ANCIEN & DE STYLE
HARNAIS ET VOITURES

Appartenant à M. René JOUIN, Banquier
Garnissant son Hôtel
A RENNES
RUE VICTOR-HUGO, N° 6

Dont la Vente aura lieu après Décès

Les Lundi 19, Mardi 20, Mercredi 21, Vendredi 23, Samedi 24, Lundi 26, Mardi 27, Mercredi 28 Novembre 1894

A UNE HEURE DE L'APRÈS-MIDI

Par le Ministère de MM. les Commissaires-Priseurs de Rennes

EXPOSITIONS

PARTICULIÈRES : *Samedi 17, Dimanche 18 Novembre, de 1 heure à 5 heures.*

PUBLIQUES : *Pendant la Vente, tous les matins, de 10 h. à 11 h. 1/2, des Objets devant être vendus dans la vacation du jour.*

CONDITIONS DE LA VENTE

La Vente sera faite au comptant.

Les acquéreurs paieront Cinq pour Cent en sus des enchères applicables aux frais.

Les Expositions mettant le public à même de se rendre compte de l'état des objets, il ne sera admis aucune réclamation une fois l'adjudication prononcée.

TAPISSERIES

1. DEUX MAGNIFIQUES PANNEAUX EN TAPISSERIE, en laine et en soie, avec bordures, représentant des *Episodes des Amours de Vénus,* petits personnages, coloris vif, conservation parfaite.
   Haut. 3 m. 10. Larg. 3 m 20. Haut. 3 m. Larg. 5 m. 25.

2. TAPISSERIE dite *Verdure,* paysage boisé avec oiseaux, bordures richement décorées de fleurs et d'oiseaux.
   Haut. 3 m. Larg. 3 m. 25.

FAIENCES

3. CORPS DE FONTAINE, *Vieux Rennes,* décor polychrome.
4. PLAT ROND, bords chantournés, *Moustiers,* bouquets et jetée de fleurs.
5. PLAT ROND, décor jaune.
6. PICHET, *Rouen,* décor bleu, marque D.
7. TROIS JARDINIÈRES, décor bleu et décor polychrome.
8. DEUX PORTE-HUILIERS, *Moustiers,* décor polychrome.
9. DEUX PICHETS, forme bonne femme, décor polychrome.
10. DEUX JARDINIÈRES, *Rouen,* décor bleu.
11. DEUX GARGOULETTES, montées en lampes, *vieux Delft,* décor bleu ou Chinois.
12. CORNET *Delft,* marque L. P. K, décor bleu.

13. POTICHE, octogonale et côtelée, *Delft*. Riche décor en camaieu bleu.

14. POTICHE, octogonale à pans, ornement en pâte en relief et doré.

15. LÉGUMIER, avec couvercle, surmonté d'un papillon, terre Lorraine de Saint-Clément, décor genre *Delft* doré.

16. SAINTE ANNE, statuette en faïence, décor polychrome

PORCELAINES

17. DEUX GRANDS ÉLÉPHANTS, servant de supports, terre de Chine vernissée, blanc, bleu et vert.
    Haut. 0 m, 56. Long. 0 m. 65.

18. DEUX DRAGONS FANTASTIQUES, terre de Chine vernissée, rouge, vert et brun; l'un s'appuie sur une boule, l'autre sur un animal emblématique.
    Haut. 0 m. 38.

19. DEUX POTICHES, *Chine, famille Verte*. monture cuivre doré.

20. STATUETTES, joueur de violoncelle — joueur de vielle, *Saxe*.

21. STATUETTES, Danseur et Danseuse, *Saxe*.

22. GROUPE. Le Menuet, *Saxe*.

23. SATUETTE, représentant un pêcheur, *Saxe ancien*.
    Provient de la collection Gouhier.

24. GROUPE. Berger et bergère enguirlandant une brebis, *Saxe*.

25. GROUPE. Petit déjeuner de l'Amour, *Saxe*.
    Provient de la collection Gouhier.

26. STATUETTE. Amour orné d'une guirlande, d'une corbeille et d'une couronne de fleurs, *Saxe*.

Provient de la collection Gouhier.

27. STATUETTE. Marquise assise tenant d'une main un livre, de l'autre elle relève un tablier orné de dentelles, *Saxe*.

Provient de la collection Gouhier.

28. DEUX GRANDS PLATS RONDS CHANTOURNÉS, au centre décor de fleurs, au marli décor cachemire, porcelaine de Chine rose et or.

29. DEUX GRANDS PLATS LONGS ET SIX PETITS, *Compagnie des Indes*, décor à bouquets polychromes.

30. STATUETTE ÉQUESTRE, grès émaillé de Chine, décor polychrome, restaurée.

Provient de la vente du docteur Godefroy.

31. DEUX STATUETTES, Incroyables, biscuit, marquées d'une ancre verte.

32. DÉJEUNER, avec couvercle et plateau fendu, fond peau d'orange, gris, bleu et or, décor de guirlandes d'or posées en réserve, porelaine portant la marque de *Sèvres* aux deux L entrelacées, surmontées d'une couronne ; au-dessus D R.

Provient de la vente Bonamy.

33. PETITE CORBEILLE AJOURÉE, au centre un amour tenant une torche, au contour guirlande de fleurs polychromes en relief. *Saxe*.

34. BOURDALOUE, monté en jardinière, *Compagnie des Indes,* décor polychrome.

35. BONBONNIÈRE, *Compagnie des Indes,* décor polychrome.

36. STATUETTE, un Faune, *Blanc de Sèvres*, à la marque L. R., restaurée.

37. TASSE, avec soucoupe, porcelaine de Chine, décor représentant une Laveuse.

38. VERSEUSE, *Japon ancien*, décor rouge, bleu et or.

39. PLAT CREUX, *Japon*, décor bleu, rouge et or.

40. DÉJEUNER avec plateau et couvercle *Porcelaine de Locré* décor de fleurs et de rubans polychlrome.

40. POTICHE avec couvercle surmonté d'un Amour tenant des fleurs, *Porcelaine de Saxe, période Wégéli*, décor de fleurs polychrome avec cartouche en camaïeu rose représentant un paysage.

Provient de la vente Bonamy.

42. AIGUIÈRE avec couvercle en métal et cuvette, *Japon*, décor bleu, rouge et or.

Provient de la vente du docteur Toulmouche.

43. POT A LAIT, *Compagnie des Indes*, décor de fleurs rose et or.

44. DEUX POTICHES, avec couvercles, *Japon* à riche décor à réserve bleu, rouge et or.

Haut. 0 m. 50.

45. VASE à col évasé en craquelé de Chine (pièce rare).

46. VASE à col évasé en craquelé de Chine.

47. GRANDE POTICHE avec couvercle, surmonté d'un chien de *Fô, Japon*, décor à réserve, bleu, rouge, or et vert.

Haut. 0 m. 90.

48. GROUPE ET DEUX FLAMBEAUX *Porcelaine de Saxe*. Groupe : Marquis et Dame de la Cour, en costume Louis XV, discourant d'amour sous une tonnelle faite de fleurs en Saxe polychrome, treillage et feuilles de métal. Flambeaux bronze doré, terminés par une tulipe en Saxe, également ornés de fleurs de Saxe, montées sur branches de métal ; au pied de chaque flambeau, une statuette : Joueur de vielle, Danseuse.

Provient de la vente de Mme de Béru.

49. GROUPE, porcelaine de Saxe, richement décorée, « Avant le Bal ».

50. GROUPE, porcelaine de Saxe, « Première Déclaration d'Amour ».

51. DEUX VASES PORTE-BOUQUETS, cornes d'abondance soutenues par des sirènes fort bien modelées, *Porcelaine de Paris.*

52. ENCRIER, *Porcelaine Crown-Derby,* fin décor polychrome.

53. PORTE-BOUQUET, à quatre pans avec arête, *Porcelaine de Chine de la famille rose,* riche décor quadrillé, monture bronze doré.

54. DEUX POTICHES ventrues, avec couvercles, porcelaine de Chine à riche décor de feuillage bleu.

55. DÉJEUNER, avec plateau et couvercle, portant la marque en or de la porcelaine à pâte dure de Höchst, décor à réserves de paysages animés et d'or en relief.

56. DÉJEUNER avec plateau et couvercle à bouton, de fleurs en relief, décor de fleurs polychromes, réserves en camaïeu rose représentant des amours, porcelaine genre Saxe.

57. GRAND VASE, forme cornet, Japon, décor rouge, bleu et or.

Haut. 0 m. 62.

58. DEUX STATUETTES, jeune homme et jeune fille jouant au colin-maillard, biscuit portant la marque 15...

59. VASE-CORNET, *Porcelaine de chine, famille rose.*

60. TROIS POMMES DE CANNE, *Japon,* décor bleu.

61. DEUX STATUETTES, femmes agenouillées en costume Empire, jouant avec un chien et des colombes, *Biscuit de l'époque.*

62. UNE GARNITURE composée d'une *Potiche* avec couvercle et de deux *Grands Cornets*, porcelaine de Chine fond rose quadrillé, ornée de fleurs et de nombreux oiseaux en émail polychrome et en relief.

63. GROUPE « Un coup de Vent », Biscuit signé de Hte Moreau.

64. PETIT GROUPE, portant la marque de Saxe aux deux épées. — Femme en toilette matinale époque Louis XV, donnant la becquée à un perroquet sortant d'une cage ajourée.

65. DEUX CHOPES A ANSE, *Porcelaine de Chine famille verte,* décor polychrome avec oiseau.

66. NEUF TASSES A CAFÉ époque Empire, porcelaine décor genre Sèvres, anses et intérieur des tasses doré.

67. GUÉRIDON formé : 1° d'un *Grand Plat,* de 0m55 de diamètre, en porcelaine du Japon, décor au bambou, bleu, rouge et or, réserves fond blanc sur lesquelles court un animal emblématique, au centre deux chiens de Fô; 2° d'un *Support* dont le fût est formé d'un *Vase* en Japon reposant sur *Trois Dauphins* ailés, également en porcelaine du Japon, bleu or, rouge et vert.

68. BUSTE, tête de femme, coiffure époque Louis XVI, biscuit vernissé de *Sèvres.* — Provient de la collection Gouhier.

Haut., 0m40.

69. BUSTE, terre cuite, reproduction du numéro précédent.

70. STATUETTE d'IMPÉRATRICE, avec le FONG-HOANG, *Blanc de Chine ancien.* — Pièce rare.

Haut., 0m42.

71. SUCRIER avec couvercle, porcelaine de Chine, décor à personnages, cartouches en camaïeu rose, ornements dorés finement peints, moulure bronze doré.

Très belle pièce.

72. DEUX PETITS VASES en biscuit, époque Louis XVI.

73. DÉJEUNER composé d'un plateau, une tasse et sa soucoupe, une cafetière, un pot à lait et un sucrier : le tout en porcelaine à la marque de Sèvres aux deux L entrelacées, fond bleu de Roi, ornement doré avec perles en émaux de couleur ; réserves de fond blanc renfermant des portraits de femme, à l'exception de la soucoupe qui porte les armes de la Maison Royale de France.

74. TASSE A BOUILLON avec couvercle et plateau, porcelaine à la marque de Sèvres aux deux L entrelacés, fond bleu de Roi, ornement doré avec perles en émaux de couleur; réserves représentant des scènes genre Téniers, signées L. Moreau.

75. CHOCOLATIÈRE avec soucoupe, porcelaine à la marque de Sèvres aux deux L entrelacées, fond bleu de Roi ; ornement doré avec perles en émaux de couleur ; réserves représentant sur la tasse le portrait de Marie-Antoinette, sur la soucoupe les armes de la Maison Royale de France.

75 bis. DEUX PLATEAUX MONTÉS et DOUZE POTS A CRÈME avec couvercles, porcelaine à la marque de Sèvres aux deux L entrelacées, fonds bleu de Roi, ornement doré avec perles en émaux de couleur ; réserves représentant des portraits de femmes à l'exception de l'un des plateaux dont la réserve représente un portrait d'homme.

76. PLAT LONG, porcelaine portant la marque de Sèvres aux deux L entrelacées; au centre l'entrevue du camp du Drap d'or, signée de L. Moreau ; marli fond bleu de Roi, à riches décors, et orné de fleurs de lys, émail blanc en relief, groupées par trois.

77. DEUX VASES à pied avec couvercle et anses, fond bleu de Roi, décor à légère guirlande or; réserves représentant des femmes jouant avec des Amours et des Paysages, signées Henri Poidevin, porcelaine de Sèvres à la marque aux deux L entrelacées.

78. DEUX URNES RENFLÉES sur pied, avec couvercle, porcelaine à la marque de Sèvres aux deux L entrelacées, fond bleu de Roi; décor à godrons blanc et or, avec réserves représentant des scènes de la Vie militaire et des Paysages.

79. DEUX URNES A COL avec couvercle et anses, porcelaine portant la marque de Sèvres aux deux L entrelacées; quelques ornements en émaux de couleur; réserves à personnages représentant un Repas de chasse.

80. GROUPE EN BISCUIT BLANC DE SÈVRES; — chien étranglant des canards; — portant gravé dans la pâte un F et probablement le nom de Gisèle.

81. BOUGEOIR, blanc de Chine, représentant une autruche, médiocre état.

82. GROUPE : la Bonne Mère, *Saxe*, décor polychrome.

83. DEUX POTICHES LONGUES avec couvercle, porcelaine de Chine, décor bleu au dragon.

Haut., 0m48.

84. DEUX BOUTEILLES CARRÉES, porcelaine du Japon, décor bleu, rouge et or, bouchons en métal ciselé et doré.

Provient de la vente de Mme la marquise de Montécot.

85. SOUPIÈRE avec plateau et couvercle orné d'un fruit, porcelaine de Chine à bouquets de fleurs polychromes en relief.

86. SOUPIÈRE avec plateau et couvercle orné d'un bouton, porcelaine de Chine de la famille rose, riche décor à personnages, réserves de paysages en camaïeu rose.

87. VASQUE, porcelaine de Chine, décor polychrome, au vieux Mandarin ; réserves représentant des paysages, monture bronze doré.

Provient de la vente du cardinal Saint-Marc.

88. SOUPIÈRE avec anses à mascaron, couvercle à bouton ajouré, un plateau, porcelaine de la Compagnie des Indes à bouquets de fleurs polychromes.

89. TROIS BRULE-PARFUMS FORME BARILLET, porcelaine de Chine avec cabochon en relief, décor bleu à lambrequin. L'un d'eux est monté sur trépied en cuivre.

Proviennent de la collection Gouhier.

90. DEUX PETITES TASSES MIGNONNETTES et leurs soucoupes, marquées Dresden, décor genre Saxe à fleurettes.

91 PETIT LUSTRE à six lumière, porcelaine de Saxe, richement enguirlandé de fleurs ; bouquet en pendantif.

92. URNE montée sur pied, porcelaine de Paris, genre Jacob Petit, décor de fleurs et de médaillons.

93. PETITE ASSIETTE, *Compagnie des Indes*, décor polychrome.

94. POT A LAIT, porcelaine de Zurich, décor de fleurs polychromes.

95. DEUX TASSES avec soucoupes, porcelaine de Chine, décor avec perdrix, rouge noir et or ; une *Tasse à anse*, porcelaine de Chine émail rose.

96. TASSE, porcelaine de Chine, dite coquille d'œuf, décor à personnages ; *Quatre Tasses*, décor à personnages, encre de Chine et or.

97. THÉIÈRE, porcelaine de la *Compagnie des Indes*.

98. DEUX DRAGEOIRS, de la *Compagnie des Indes.*

99. PLAT CREUX, porcelaine du Japon, décor bleu rouge et or.

100. DRAGEOIR, porcelaine de Chine, famille verte, décor aux oiseaux du paradis.

101. PETITE POTICHE, avec couvercle, porcelaine de Chine, émail brun à réserves blanches, restaurée.

102. ASSIETTE PLATE, porcelaine de Chine, décor bleu.

103. QUATRE ASSIETTES PLATES, porcelaine de Chine, décor cerf doré.

104. SIX ASSIETTES PLATES, porcelaine de la *Compagnie des Indes* ; au centre bouquet polychrome, au marli guirlande rose et or.

105. DOUZE ASSIETTES PLATES, porcelaine de Chine, décor au bambou.

106. UNE ASSIETTE et DEUX GRANDES SOUCOUPES, porcelaine du Japon, décor bleu rouge et or.

107. ASSIETTE PLATE, porcelaine de Chine, riche décor de fleurs polychromes en relief.

108. SIX ASSIETTES PLATES, chantournées, porcelaine de la *Compagnie des Indes ;* au centre bouquet, au marli semis de fleurs.

109. QUATRE ASSIETTES PLATES, chantournées, porcelaine de Chine, décor polychrome.

110. DIX ASSIETTES PLATES, porcelaine de la *Compagnie des Indes,* décor polychrome.

111. ASSIETTE CREUSE, porcelaine de la *Compagnie des Indes,* décor rose.

112. QUATRE ASSIETTES CREUSES, porcelaine de Chine, à riche décor polychrome.

113. SIX ASSIETTES CREUSES, porcelaine de Chine, décor fleurs polychromes.

114. COMPOTIER, porcelaine de Chine à reliefs dans la pâte, décor rose.

115. DEUX COMPOTIERS, porcelaine de Chine, décor de fleurs polychromes.

116. TROIS COMPOTIERS, porcelaine de la *Compagnie des Indes*; au centre bouquet, au marli semis de fleurs.

117. TROIS SOUCOUPES, porcelaine de Chine, riche décor polychrome à personnages.

118. ASSIETTE PLATE, porcelaine ancienne de Limoges, marque C. D., décor de bouquets polychromes.

119. UN GRAND PLAT et SIX MOYENS, de forme ronde, porcelaine du Japon doré, décor bleu rouge et vert, bordure dessin cachemire, écusson avec armoiries. L'un des plats moyens est grossièrement rattaché; un autre a ses armoiries détériorées.

Proviennent de la vente de Mlle Enfray.

120. PLAT ROND, à pans coupés et à godrons, porcelaine du Japon, bleu rouge et or avec armoiries japonaises.

121. DEUX PETITES POTICHES, avec couvercle surmonté d'un dragon, porcelaine du Japon, riche décor bleu rouge et or, avec armoiries japonaises.

122. GRANDE TASSE A ANSE, porcelaine de Chine, décor à personnages, cartouche à camaïeu, émail, polychrome en relief.

123. POTICHE BASSE, avec couvercle, porcelaine de Chine, riche décor à bouquet de fleurs et oiseau fantastique, argent, rouge, bleu, vert et jaune. Pièce rare.

124. SERVICE A DESSERT, époque Empire, avec corbeilles et coupes à fruits, porcelaine de Limoges à filet or.

125. SERVICE A THÉ, porcelaine de Paris (Pochet, Deroche et Gosse), décor de semis de fleurs polychrome.

126. GROUPE. — Piqueur courant, tenant en laisse deux chiens. — *Saxe.*

127. BOITE A THÉ, porcelaine du Japon, décor bleu, rouge et or.

128. POTICHE avec couvercle, surmonté d'un dragon, porcelaine du Japon, décor bleu, rouge et or.

129. SIX TASSES avec soucoupes, porcelaine de Chine et du Japon.

130. PLAT ROND, porcelaine de Chine, décor bleu, rouge et or.

131. DEUX PETITES TASSES, avec soucoupes, porcelaine de Chine.

132. BOITE A THÉ, porcelaine à pâte dure de Frankental, décor de fruits et de fleurs polychrome.

133. DEUX PLATS LONGS, porcelaine de Chine, riche décor polychrome, relief en émail, blanc sur blanc.

134. DEUX DRAGEOIRS, porcelaine de Chine, richement décorés de bouquets polychromes, dont partie en relief.

135. DEUX TASSES avec couvercles et soucoupes à galerie ajournée, porcelaine genre Saxe, décor de fleurs polychrome.

136. DEUX TASSES avec leurs soucoupes et leurs cuillères, porcelaine Saxe, décor fleuri.

137. POTICHE VENTRUE, porcelaine du Japon, décor bleu.
Haut., 0m65.

138. DEUX VASES CORNETS, porcelaine de Chine, décor cachemire.

139. CACHE-POT, porcelaine du Japon, riche décor bleu.
Haut., 0m46. — Diam., 0m33.

140. DEUX POTICHES à pans avec couvercle surmonté d'un chien de Fô, porcelaine du Japon, décor bleu à lambrequins.

Haut., 0m60.

141. POTICHE octogonale, à pans, avec couvercle surmonté d'un chien de Fô, porcelaine du Japon, décor bleu à lambrequins.

Haut., 0m60.

142. DEUX PETITS CORNETS ÉVASÉS, porcelaine de Chine, famille rose.

143. CACHE-POT à pans coupés, porcelaine de Chine, décor à personnages.

144. THÉIÈRE, porcelaine de Canton.

145. POT à anse, porcelaine du Japon, décor bleu.

146. DEUX CORNETS, porcelaine du Japon. décor bleu, rouge et or.

147. DEUX STATUETTES. — Joueur de vieille et danseuse. — *Saxe*.

148. PETITE POTICHE avec couvercle, porcelaine du Japon, décor polychrome.

149. DEUX PETITS CORNETS PORTE-BOUQUETS, porcelaine de Chine, décor dit au Coq, famille rose, monture bronze doré.

150. PLAT octogonal, à pans, porcelaine de Chine, famille rose.

151. DEUX POTICHES A PANSE AJOURÉE, porcelaine du Japon, décor dit au Fong-Hoang, monture en bronze.

Pièce rare,

152. DEUX CORNETS PORTE-BOUQUETS. porcelaine de Chine, famille rose, décor à oiseaux polychrome.

153. VASE-CORNET, porcelaine de Chine, décor polychrome.

154. ASSIETTE montée en coupe, porcelaine du Japon, à décor bleu, rouge et or.

155. CORNET, porcelaine de Chine, décor polychrome.

156. CORNET, porcelaine de Chine, famille verte, décor doré.

SIÈGES ANCIENS ET DE STYLE

157. CANAPÉ à six pieds, bois laqué blanc et mauve, avec fleurettes et rinceaux dorés. — Epoque Louis XV. — Couvert en satin gris blanc avec chemins et fleurs brochées multicolores.

158. TROIS FAUTEUILS, bois sculpté et laqué blanc et or. — Epoque Louis XIV. — Deux couverts en satin broché, fond vieil or, l'autre en lampas fond vieux rose.

159. DEUX CHAISES de style Louis XV, bois doré, couvertes en soie brochée.

160. TRÈS BEAU FAUTEUIL Louis XIV, à bras, pieds et croisillons en bois sculpté et doré, couvert en soie brochée de couleur et d'argent.

161. CANAPÉ en forme d'S, bois laqué blanc, rehaussé d'or, couvert en satin de soie à bouquets brochés Pompadour.

162. AMEUBLEMENT DE SALON, de style Louis XV, bois doré, couvert en lampas laine et soie, un canapé, quatre fauteuils, deux chaises.

163. DEUX TABOURETS DUCHESSE, Louis XIV, pieds carrés à croisillons sculptés, laqués blanc et or, couverts en satin vieux rouge à dessins vert d'eau et blanc brochés.

164. TABOURET DE COIN, sur trois pieds, en bois doré, couvert en soie brochée.

165. **FAUTEUIL** époque Louis XV, bois naturel, sculpté, orné de fleurettes et de rinceaux, couvert en tapisserie d'Aubusson, au petit point, avec personnages et animaux.
Provient de la collection de Madame de Béru.

166. **FAUTEUIL** canné, avec pieds à croisillons, bois richement sculpté et doré, avec dossier et coussin indépendants, couvert en vieille soie brochée, époque Louis XIV.

167. **FAUTEUIL** époque Louis XIV, bois sculpté et doré, couvert en satin broché.

168. **FAUTEUIL** Louis XIV, richement sculpté et doré, couvert en lampas de soie.

169. PETIT CANAPÉ, époque Louis XV, bois laqué blanc et mauve, couvert en satin gris blanc, broché de fleurs multicolores.

170. TABOURET DUCHESSE, Louis XIV, pieds carrés à croisillons, en bois finement sculpté et doré, couvert en soie brochée ancienne.

171. AMEUBLEMENT DE SALON, Louis XVI. — Un canapé, deux fauteuils, deux chaises, bois peint couleur claire, rehaussé d'or, forme dite à médaillon ; les bras du canapé et des fauteuils soutenus par des cornes d'abondance fleuries et enrubannées, finement sculptées. — L'ameublement est couvert en gourgouran à colonnes tilleul et rose de Chine, orné de draperies en pendentifs.

172. DEUX FAUTEUILS, époque Louis XVI, bois laqué blanc, pieds et colonnes cannelés, les bras supportés par des colonnettes torses, le tout orné de perles, de raies de cœur, de guirlandes finement sculptées, couverts en brocart de l'époque ; le dossier représente un cygne se désaltérant dans une fontaine jaillissante, le siège un temple à colonnettes, le tout enguirlandé.

173. FAUTEUIL, époque Louis XVI, bois laqué Sèvres, colonnettes détachées, les bras soutenus par des colonnes torses, couvert en soie brochée de fleurs de couleur.

174. QUATRE FAUTEUILS Louis XVI, bois sculpté, pieds cannelés, colonnettes détachées, panaches, couronnes de roses aux dossiers. Couverts en soie à colonnes et guirlandes de fleurs brochées.

175. FAUTEUIL, époque Louis XVI, bois doré, dossier carré et demi-cintré, orné de perles et de raies de cœur, couvert en satin fond blanc argent, brodé d'arabesques, de couronnes et de semis de fleurs.

176. BERGÈRE, Louis XVI.

177. FAUTEUIL à oreillettes.

178. CHAISE, époque Louis XVI, bois laqué blanc, lyre au dossier, couverte en satin à colonnes et fleurs brochées.

179. FAUTEUIL A MÉDAILLON, époque Louis XVI, fleurettes au dossier et à la barre du siège.

180. DEUX FAUTEUILS, époque Louis XV, bois laqué blanc.

181. FAUTEUIL, époque Louis XV, bois laqué noir et or, couvert en satin broché.

182. QUATRE FAUTEUILS, époque Louis XIV, couverts en tapisserie au petit point ; personnages au dossier, fleurs sur le siège.

Proviennent de la collection de Mme de Béru.

MEUBLES ANCIENS ET DE STYLE

183. MEUBLE formant gaine, bois de rose, avec guirlande d'œillets en marqueterie de bois ; ornements bronze doré, dessus en marbre griotte. Signé H. Hansen. E. W. P.

Provient de la vente du cardinal Saint-Marc.

Haut. 1m10. — Larg. 0m43. — Prof. 0m35.

184. DEUX BUREAUX A CYLINDRE, époque Louis XVI, en acajou, l'un avec dessus en marbre gris, l'autre est perlé cuivre et dessus en marbre blanc, avec galerie de cuivre.

185. PETITE CONSOLE Louis XV, bois doré, dessus en marbre gris.

186. PETITE CONSOLE Louis XV, bois doré avec guirlandes en pendentifs et motifs rocaille, dessus en marbre ancien.

187. TABLE époque Louis XV, bois de rose, richement montée en bronze doré.

188. BUREAU DE DAME époque Louis XV, bois de rose et palissandre, orné de bronze doré, le dessus s'ouvrant à tirettes.

189. TABLE sur quatre pieds tournés avec barre de chat, en palissandre, marqueterie de bois de couleur, travail hollandais.

190. COMMODE A VENTRE, en bois de rose marqueté, époque Louis XV, richement ornée aux pieds, sur les côtés, aux poignées et aux entrées de bronzes dorés et finement ciselés, dessus en marbre veiné.

191. COMMODE A VENTRE, en bois de rose marqueté, époque Louis XV, ornée de bronzes ciselés et dorés, dessus en marbre veiné.

192. SUPPORT ÉTAGÈRE, bois sculpté et doré, Louis XV.

193. COMMODE époque Louis XVI, en acajou avec cannelures, filets et poignées de cuivre, dessus en marbre gris.

Provient de la vente Bonamy.

194. TABLE-BOUILLOTTE pliante Louis XVI, en acajou à filets de cuivre.

195. PETITE TABLE ROGNON, époque Louis XVI, en acajou satiné, ornée de filets de cuivre, supportée par

quatre pieds à cannelure de cuivre, dessus en marbre bleu turquin avec galerie de cuivre.

Provient de la vente de M. Rivot du Courtil.

196. TABLE A OUVRAGE Louis XVI, en acajou, ornée de filets de cuivre, dessus en marbre bleu turquin avec galerie de cuivre.

197. ARMOIRE ANCIENNE Louis XV, finement sculptée de coquilles, rinceaux et fleurettes, ornée de belles moulures, corniche cintrée.

198. TABLE époque Louis XV, en palissandre et bois de rose, montée en bronze doré.

199. DEUX PETITES CONSOLES époque Louis XVI, en bois finement sculpté, guirlandes et ornements fleuris à l'entrelac, dessus en marbre rose.

200. CONSOLE époque Louis XVI, sans son marbre, bois sculpté de guirlande de roses, vase enguirlandé et fleuri à l'entrelac.

201. PETITE TABLE triangulaire, époque Louis XV, bois doré, supportée par trois pieds de Faunes, ornée sur deux côtés de coquilles, joli dessus en marbre rose.

202. CONSOLE carrée, de style Louis XVI, bois sculpté, ornée de guirlandes de feuilles de laurier, urne au centre de l'entrelac, marbre encastré sarrancolin des Pyrénées.

203. DEUX CONSOLES d'encoignure, de style Louis XVI, supportées par un seul pied orné de guirlandes, bois peint avec quelques ornements dorés, dessus en marbre sarrancolin des Pyrénées.

204. TOILETTE A COIFFER, époque Louis XV, bois des îles, marquetée.

205. HARPE, époque Louis XVI, merveilleusement sculptée à la crosse de mascarons et d'attributs de musique ; —

Boite d'harmonie décorée de peintures. La harpe porte l'inscription suivante : *Harpes inventé par le sieur Krumphomtz et exécuter par le s[r] H. Naderman Luthier Ordinaire De La Reine. rue d'argenteuille Butte St-Roch à paris.*

Provient de la vente de Mlle de Keransquer.

206. HARPE plus petite de la même époque, ornée sur la boîte d'harmonie de peintures attribuées à J. Vernet, le haut de la crosse laqué dans le genre chinois porte la marque de Naderman à Paris.

Provient de la vente Aufray.

207. ARMOIRE époque Louis XIV, bois de chêne sculpté avec coquille et panier fleuri, corniche droite à moulures.

208. AMEUBLEMENT DE SALLE A MANGER en acajou massif, de style Louis XVI, enrichi de cuivres ciselés et dorés se composant d'une grande table carrée avec ses allonges, deux vitrines à collections, deux tables dessertes dessus en marbre rouge royal, douze chaises rotinées à dossier orné de lyre, avec canelures.

209. BOIS DE LIT ÉPOQUE LOUIS XV, orné de moulures, rinceaux et coquilles, garni de satin rose broché blanc, baldaquin supporté par quatre montants ornés d'une pente et de quatre rideaux en satin broché, une courte-pointe semblable.

Provient de la collection de Mme de Béru.

210. ÉCRAN ÉPOQUE LOUIS XV, bois doré, tapisserie au petit point. — Jugement de Pâris.

Provient de la collection de Mme de Béru.

210 bis. BUREAU ÉPOQUE LOUIS XIII, marqueterie de bois, pieds carrés réunis par des entrelacs. — Nombreux tiroirs.

Provient de la collection de Mme de Béru.

211. LIT HENRI II, panneaux anciens sculptés, carrée supportée par quatre colonnes, pente et petits rideaux en drap avec application de tapisserie ancienne au petit point.

Provient de la collection de Mme de Béru.

212. SIX CHAISES ET UN FAUTEUIL HENRI II, dossier et siège rotinés, bois anciens.

Provient de la collection de Mme de Béru.

213. BIBLIOTHÈQUE à deux corps : le haut formé de trois vantaux avec glaces, le bas s'ouvrant en bureau ; sur les côtés, tiroirs et étagères ; au centre, un autre tiroir formant escabeau ; le tout en acajou moucheté, moulures en ébènes ornée de bronzes ciselés et dorés ; corniches droite à godrons. — Provient de la maison Jacob en 1840.

214. TABLE ANCIENNE, sur pieds tors avec barre de chat.

215. CONSOLE à pieds de biche, époque de Louis XV, dessus en marbre rose ancien.

216. COMMODE époque Louis XIV, en chêne sculpté sur les côtés ; beau cuivre de l'époque.

217. PETITE ARMOIRE en bois des îles avec moulures en ébène. — Provient de la vente Aufray.

Haut., 1m75. — Larg., 1m.

218. CONSOLE bois doré, époque Louis XVI, dessus marbre blanc.

219. TABLE DE LECTURE, époque Empire, en acajou.

220. MEUBLE A HAUTEUR D'APPUI, époque Louis XVI, bois satiné et marqueté, moulure de cuivre au bas du meuble, dessus en marbre brèche d'Alep.

Provient de la vente Aufray.

221. TOILETTE A COIFFER époque Louis XV, bois des Iles, marqueterie à damier.

222. DEUX TABLES LOUIS XIV, en partie anciennes, bois sculpté.

223. MEUBLE A COLLECTION en poirier noirci avec moulures, godrons et corniche droite; à trois vantaux à glace biseautée, dont un en avancée.

Haut., 1m75. — Long., 1m60. — Larg., 0m45.

TENTURES — TAPIS

224. TAPIS EN AUBUSSON, fond verre d'eau à riche décor Louis XVI avec attributs de musique. Au centre, une rosace fleurie. Aux angles, partie de rosace.

Long., 3m30. — Larg., 2m75.

225. TROIS TENTURES DE FENÊTRES, avec galeries et patères en bois à godrons dorés.

La fenêtre du milieu se compose de deux rideaux molletonnés en poult de soie héliotrope, d'un baldaquin avec draperies en peluche couleur dite scabieuse.

Les deux autres fenêtres se composent chacune d'un rideau molletonné en poult de soie héliotrope, tombant en bonne-grâce, et d'un rideau en peluche scabieuse drapé à l'italienne, baldaquin avec draperie.

226. DEUX TENTURES DE FENÊTRE en satin *gros de Tours*, couleur tilleul, doublé en soie couleur rose de Chine, avec galeries en bois sculpé style Louis XVI, ornées de draperies en *gros de Tours* rose de Chine, glands et cordelières assorties, stores en guipure avec doubles stores en gourgouran à colonnes tilleul et rose de Chine.

OBJETS D'ART ET D'AMEUBLEMENT

227. PAIRE DE CHENETS en bronze *Lions héraldiques.*

228. PENDULE RELIGIEUSE, incrustation de Boule, ornée de bronzes ciselés et dorés, surmontée d'une Renommée, époque Louis XIV. Au cadran marque de Marguerite à Paris.
Haut. 0 m. 90.

229. CANDÉLABRES, à sept branches chacun, bronze doré finement ciselé.
Haut. 0 m 85.

230. SURTOUTS DE TABLE, composés de trois coupes à plateaux carrés, en cristal martelé et gravé, supportés par des éléphants en bronze vieil argent reposant sur un socle en onyx garni de bronze vieil argent.

231. PENDULE époque Louis XVI, cadran (Caillouet à Paris) à bordure ajourée, supporté par deux cariatides à têtes d'Egyptiennes, posées sur un socle.
Provient de la vente Bonamy.

232. Très beau LAMPADAIRE, bronze finement ciselé avec lampe et six porte-bougies.
Haut. 2 m. 60.

233. LUSTRE en verre de Venise, à bordure rose, orné de fleurs de couleur; dix-huit lumières.

234. LUSTRE en verre de Venise, à bordure bleue, orné de fleurs de couleur; dix-huit lumières.

235. MIROIR, glace biseautée, encadrement et fronton bois sculpté et doré, époque Louis XV.

236. MIROIR, encadrement et fronton en bois doré, orné de mascarons et de glaces, époque Louis XIV.
Provient de la vente de Mme la marquise de Montécot.

237. PAIRE DE LANDIERS en fer forgé, anciens.

238. GROUPE, bronze de P.-J. Mène, 1866. — *Vainqueur!!!*
Haut. 0 m. 35. — Larg. 0 m. 40.

239. FEU, cuivre ciselé et doré, style Louis XVI.
Provient de la maison Bion-Favier.

240. CARTEL Louis XV, genre rocaille, bronze doré.

241. GARNITURE DE CHEMINÉE en marbre griotte, ornée de bronze doré finement ciselé.

Composée d'une coupe et de deux lampadaires à neuf lumières chacune.

242. VIERGE portant l'Enfant-Jésus, ayant en main le globe terrestre, surmonté d'un croix, cuivre plaqué argent, époque Louis XIII.

243. SERVICE EN CRISTAL de Baccarat, genre ancien, gravé d'une bordure de fleurs de lys, vingt-quatre couverts.

244. BUSTE en biscuit *Tête de femme riante*, de Carrier-Belleuse.

Haut. 0 m. 55.

245. BUSTE en biscuit *Tête de femme ornée d'une guirlande de roses*, de A. Carrier.

Haut. 0 m. 55.

246. PAIRE DE PETITS CANDÉLABRES à trois lumières, bronze doré, style Louis XVI.

247. BOUTS DE TABLE LOUIS XVI, Amours tenant deux flambeaux à tige contournée, bronze doré.

248 DEUX PETITS MIROIRS LOUIS XV, encadrement avec fronton, bois doré.

249. PENDULE RELIGIEUSE surmontée du Temps enfant assis sur le globe terrestre, incrustations de Boule et ornements de bronze doré.

Hauteur avec cul de lampe : 1 m. 10.

250. DEUX APPLIQUES à trois lumières, bronze doré, époque Empire.

251. PAIRE DE FLAMBEAUX, époque Louis XVI, bronze doré, porte-lumière supporté par trois têtes de bélier

monté sur trépied, reposant sur un soubassement en marbre blanc orné de perles et de raies de cœur en bronze doré.

252. PENDULE DE VOYAGE, marquant les heures et les jours ; monture en cuivre doré, enfermée dans un écrin de maroquin.

Provient de la vente du cardinal Saint-Marc.

253. QUATRE APPLIQUES Louis XVI, à trois lumières chacune, bronze doré.

254. VASE à pied et à torses, haricot de Chine, supporté par une colonne en poirier verni.

255. BOUT DE TABLE, époque Louis XVI, bronze argenté.

256. PAIRE DE FLAMBEAUX Louis XV, bronze ciselé et doré.

257. CHRIST EN IVOIRE, dans un cadre en bois sculpté et doré, époque Louis XIV.

258. CACHE-POT, en faïence de Valoris, avec anses à tête de bélier, sur un support à trépied en poirier sculpté.

259. PENDULE, bronze doré, époque Louis XVI, sur un socle convexe allongé, supporté par quatre cœurs flammés, orné de huit cœurs, dont deux ailés, un amour battant d'un tambour qui sert de cadran.

Haut. 0m28. — Larg. 0m20.

260. GLACE biseautée, encadrement en blanc, style Louis XV.

261. VASQUE en marbre veiné, forme coquille, supportée par une console également en marbre, terminée par des griffes de lion. Une tête de bélier en bronze sert de robinet.

262. LANTERNE DE VESTIBULE en cuivre poli, avec petits vitraux, genre flamand.

263. LUSTRE à dix lumières, en cuivre, ancien travail flamand.

264. LUSTRE en crital, à douze lumières, monture cuivre doré.

265. LUSTRE en verre de Venise, à bordure rouge et bleue, huit lumières.

266. STATUETTE, plâtre, reproduction de *la Mort de la Marmotte*, de P. Gourdel.

267. QUATRE MIRETTES, cadre en bois doré avec fronton, époque Louis XIV.

268. GARNITURE DE CHEMINÉE en bronze doré, composée d'une pendule, deux candélabres et deux bougeoirs, style Louis XIV.

269. GROUPE en bronze florentin. *Psyché*.

270. BOUTS DE TABLE, cuivre doré ; Dauphins enroulés supportant deux lumières ; au centre un trident.

271. MIROIR ITALIEN, glace biseautée, encadrement doré.

272. DEUX SUPPORTS, bois doré.

273. PAIRE DE CHENETS, style Louis XVI, sphynx ailés à têtes de femme en bronze finement ciselé, posés sur soubassement bronze doré, riche ornement et pieds tors ; pelle et pince assorties ; soufflet sculpté style Louis XVI, bois laqué blanc rehaussé d'or.

274. DEUX MIROIRS-APPLIQUES, glace biseautée, encadrement rocaille avec mascaron, bois doré.

275. CADRE bois sculpté et doré, époque Louis XIV.
Haut. du clair 0 m. 50. — larg. 0 m. 30.

276. CADRE ovale, bois sculpté et doré, époque Louis XIV.
Haut. du clair. 0 m. 73. — larg. 0 m. 59.

277. CARTEL rocaille, signé Deniere, bronze doré.
Provient de la collection de la princesse Bacciochi.

278. GLACE biseautée, cadre en bois doré, époque Louis XIV.

279. PAIRE DE BOUTS DE TABLE à trois lumières, cuivre argenté, époque Louis XVI.

280. CHRIST EN IVOIRE ANCIEN, cadre bois sculpté et doré, époque Louis XIV.

281. DEUX MIROIRS, cadre à fronton décoré de fleurs et d'oiseaux, bois doré, époque Louis XIV.

282. FEU de style rocaille, cuivre doré, pelle et pince aesorties.

283. GARNITURE DE CHEMINÉE en marbre rouge royal : une pendule avec statue en bronze *La Phryné* de Pradier, de chez Susse frères ; deux candélabres égale-en bronze.

Haut. de la statue 0 m. 70.

284. PENDULE, bronze doré, époque Empire, statuette représentant *Hébé*, (Litot, rue Faydeau, Paris).

285. DEUX GLACES-APPLIQUES à une lumière, cadre bois sculpté et doré, époque Louis XV.

286. STATUETTE terre cuite *le Bonnet du petit frère*, signé Amélie Casini.

287. DEUX PETITES STATUETTES en bronze, *Bacchantes*, sur socle en marbre rouge.

Haut. 0 m. 25.

288. GLACE PSYCHÉ, bois laqué noir à dessins or, genre chinois.

289. PAIRE DE BOUTS DE TABLE, à deux lumières, cuivre argenté, époque Louis XVI.

290. LAMPE JUIVE ANCIENNE, richement ornée, cuivre.

291. MIROIR Louis XV, cadre doré avec coquille.

CURIOSITÉS

292. BÉNITIER, en verre de Fougères.

293. SALIÈRE, sur trois pieds, émail blanc, paysages en réserve.

294. MÉDAILLE à pans coupés, cuivre ciselé.
Provient de l'Abbaye Saint-Georges, de Rennes.

295. CROIX en cuivre *Dame de liesse*. CROIX ET DIPTYQUE bysantins, portant des traces d'émail.

296. GRAND VERRE époque Louis XIV, cristal taillé en creux. — Une femme en costume de l'époque prend une fleur dans une corbeille tenue par un amour.

297. VERRE, gravé d'armoiries surmontées d'une couronne de comte, et renfermé dans un écrin.

298. QUENOUILLE ANCIENNE, verre et bois tourné, surmontée d'un croissant d'ivoire.

299. SOIE ANCIENNE avec jetée de fleurs Pompadour.

300. COURTE-POINTE, satin ancien vieil or, brodée de semis de fleurs, avec papillons et perroquets.

301. GILET ÉPOQUE LOUIS XVI, non monté, soie rouge, brodé au plumetis.

302. RELIQUAIRE, cadre ovale en bois sculpté et doré, époque Louis XIV.

303. BONNET DE BAPTÊME époque Louis XVI, en foulard de soie froncée, pailleté d'argent, avec dentelle et glands d'argent, enfermé dans sa boite de l'époque.

304. AIGUIÈRE ET VASQUE en cristal avec torses. La vasque est montée sur cercle uni en argent; sa bordure supérieure à godrons est en argent.
Provient de la collection Gouhier.

305. VEILLEUSE OCTOGONALE, en cristal taillé, forme lanterne supportée par une tige à trépied sur socle, en bronze.

306. LAMPES ÉPOQUE EMPIRE.

307. PLATEAU CARRÉ laque de Chine, fond or.

308. CHRIST ANCIEN, bois sculpté.

309. STATUETTE RELIGIEUSE, bois doré.

310. QUATRE CARIATIDES en bronze ciselé et doré (garniture d'un meuble époque Louis XIV).

311 BOIS SCULPTÉS.

312. Plusieurs GUIRLANDES anciennes en bois sculpté.

313. HORLOGE A POIDS, ancienne, avec oiseaux chanteurs ; sa gaine en bois peint genre laque, à sujets chinois.

LIVRES — MAROQUINERIE

314. ALMANACH DE BRETAGNE, pour l'année *bixetille* 1780 Rennes Veuve F. Vatar. — Reliure maroquin rouge, richement orné de dorures au petit fer, sur les plats et au dos.

315. LE TRÉSOR DES ALMANACHS, étrennes nationales, curieuses, nécessaires et agréables. Cailleau, Paris, 1781. — Reliure maroquin rouge, dorure au petit fer.

316. ÉTRENNES INTÉRESSANTES des quatre parties du monde pour l'année 1783. Paris, chez Langlois et Deschamps. — Reliure maroquin rouge, dorure au petit fer.

317. TOUT AUX DAMES, almanach chantant de 1814. Paris, Janet, nº 59, avec gravures. — Relié en cuir de Russie et enfermé en un étui semblable. Dorures au petit fer.

318. TROIS ALMANACHS, de la Cour, de la Ville et des Départements, années 1832, 1833, 1836. Paris, Louis Janet.

319. HISTOIRE ECCLÉSIASTIQUE ET CIVILE DE BRETAGNE, par dom Pierre-Hyacinthe Morice et dom Charles Taillandier. Paris, veuve Delaguette, 1750-1756.

MÉMOIRES pour servir de preuves, par don Morice. Paris, Ch. Osmont, 1742-1746. Cinq volumes, reliure veau, bon état de conservation et complets.

320. QUATRE VOLUMES in-folio, contenant cent-vingt et une gravures, d'après les tableaux qui composent la magnifique galerie du Palais-Royal de Monseigneur le Duc d'Orléans, de J. Couché.

Beau tirage

321. HEURES NOUVELLES dédiées à Mgr Dauphin, écrites et gravées par Élisabeth Senault. Reliure maroquin rouge, dos et plats ornés de dorures au petit fer.

322. OFFICE DE LA SEMAINE SAINTE, dédié à la Reine. Paris, veuve Mazières, 1728. Reliure maroquin rouge, tranches dorées. Au dos filets et fleur de lys. Sur le plat, armoiries du Roi et de Marie Leczinska.

323. OFFICE DE LA SEMAINE SAINTE. Paris, Jacques Collombat, 1727. Reliure maroquin rouge, tranches dorées. Sur le plat, armoiries du Roi. Filets, arabesques et fleurs de lys dorés au petit fer, couvrant le dos et les plats.

324. OFFICE DE LA SEMAINE SAINTE, dédié à la Reine. Paris, J.-B. Garnier. — Reliure maroquin rouge. Sur le plat, armoiries un peu effacées de la famille d'Orléans. Filets et riches arabesques au petit fer couvrant le dos et les plats.

325. COFFRET en maroquin rouge, avec décor au petit fer; au centre armoiries aux armes de France et de Pologne; aux quatre coins, les initiales de Marie-Antoinette (M. A. J. J.). En dessous, un coq au petit fer entre deux L; poignées et serrure dorées.

Provient de la vente Bonamy.

Haut. 0m25. — Long. 0m35. — Larg. 0m27.

BOITES ET MINIATURES

326. PETITE BOITE, écaille blonde, étoilée d'or.

327. BOITE LONGUE, en cuivre ciselé, travail flamand.

328. BONBONNIÈRE avec miniature, représentant une Marine.

329. BONBONNIÈRE, époque Louis XVI, écaille recouverte d'un vernis vert foncé, avec guirlande et pointillé en or ; au centre, sur un autel, un cœur enflammé ; en exergue : « Toi seul en a la clef ».

330. BOITE A CUREDENTS, époque Louis XVI, en or ciselé.

331. BONBONNIÈRE or ciselé, à dessin rayonnant, époque Louis XVI.

332. BONBONNIÈRE avec miniature sur ivoire. — Portrait de femme époque Louis XVI.

333. DESSUS DE BOURSE ancien, émail fond bleu. — Portrait d'homme en costume Louis XIV, en émaux de couleur.

334. PETIT DESSIN au lavis, genre Panini, représentant des ruines et des personnages ; cadre ovale en cuivre.

335. DEUX MINIATURES ANCIENNES, sur parchemin, sujets religieux.

336. PANNEAU, avec gravure en couleur, portraits en profil de Louis XVIII, Charles X, duc et duchesse de Berry, duchesse d'Angoulême.

337. MINIATURE sur ivoire. — Portrait de femme époque Louis XV.

338. MINIATURE sur ivoire. — Portrait de femme époque Louis XV, cadre carré en cuivre.

339. MINIATURE sur ivoire signée Poulin. — Portrait de femme époque Louis XV, cadre ancien.

340. MINIATURE sur ivoire montée en broche. — Portrait d'homme.

341. MINIATURE sur ivoire. — Portrait de femme époque Empire, cadre ovale en cuivre ciselé.

342. MINIATURE. — Portrait d'homme en costume autrichien. Cadre forme losange en cuivre doré.

343 MINIATURE montée en broche, cadre d'or surmonté d'une couronne de comte, ornée de neuf perles. Portrait de femme coiffée d'un large chapeau, époque Louis XVI.

344. MIROIR à main, poignée et cadre en ivoire sculpté, portant au revers une miniature signée Gérard. Portrait de femme, époque Empire.

245. MINIATURE sur ivoire. Portrait de femme, époque Louis XV.

346. MINIATURE sur ivoire. Portrait de femme couronnée de roses.

TABLEAUX, GRAVURES, AQUARELLES

347. GRAVURE, *Communion de saint Jérôme*, petit cadre Louis XVI.

348. CRAYON, *Portrait du Roi de Rome*, petit cadre bois sculpté.

349 PLAN DE LA VILLE DE RENNES et de ses faubourgs, levé par Forestier l'aîné, gravé et réduit par Olivault.

350. AQUARELLE portant la mention : *Salle de spectacle de Rennes, construite sous l'administration de Monsieur Jouïn, maire de Rennes.*

351. DESSINS humoristiques au lavis, époque Directoire, représentant des personnages de Rennes.

Provient de la vente Anfray.

352. GRAVURE « *Saule Pleureur,* » cadre bois doré.

353. DEUX GRAVURES ANGLAISES, de George Founley, *Combat de chevaux* et *Combat de taureaux,*

354. CRAYON, représentant une tête de femme.

355. DEUX GRAVURES EN COULEUR, représentant Hébé et une jeune femme surprise à sa toillette.

356. DEUX GRAVURES EN COULEUR, de F.-G. Lardy, d'après Freudemberg, *les petits Poulets*, *les Chanteuses du mois de may.*

357. DEUX GRAVURES ANCIENNES, de F. Dequevauviller, 1783; *l'Assemblée au concert*, *l'Assemblé au salon*, d'après Lawreince (3e état).

Proviennent de la vente Anfray.

358. CAVALIERS ARABES, peinture sur panneau.

359. PARASOL (École de), *Cavaliers ennemis forçant la porte d'une ville.*

360. LAMY, *Sous de bois,* toile.

Haut. 0m62. — Larg. 0m54.

361. SALVATOR ROSA (Attribué), *Soldats jouant aux dés,* cadre bois doré.

Provient de la vente Anfray.
Haut. 0m78. — Larg. 0m60.

362. SCHOTEL, *Marine,* cadre bois sculpté.

363. PORTRAIT DE FEMME, époque Louis XV, cadre ovale en bois sculpté.

364. ROOS TIVOLI (Attribué à), *Animaux*, toile, cadre en bois sculpté.

Haut. 0m20. — Larg. 0m40.

365. DIAZ, *Paysage*, étude sur panneau, portant à droite l'inscription : « *Vente de Diaz* ».
Haut., 0m13. — Larg., 0m20.

366. ECOLE HOLLANDAISE, *Tête de vieillard*, toile, cadre bois sculpté.

367. TÉNIERS (attribué à), *Scène de genre*, peinture sur panneaux, cadre bois sculpté.
Haut., 0m21. — Larg., 0m15.

368. NATTIER (attribué à), *Femme tenant un voile sur sa tête*, toile, cadre bois sculpté.
Haut., 0m78. — Larg., 0m62.

369. PORTRAIT DE FEMME EN COSTUME LOUIS XV, toile, cadre bois sculpté.
Haut., 0m75. — Larg., 0m60.

370. LUTHERBURG (attribué à), *Animaux*, peinture sur panneaux, cadre en bois sculpté époque Louis XIV.
Haut., 0m19. — Larg., 0m24.

371. SEGHERS, dit Jésuite d'Anvers (attribué à) *Trois Amours volant après une colombe dans une couronne de fleurs*, peinture sur cuivre, cadre italien en bois doré.
Haut., 0m35. — Larg., 0m28.

372. FICHEL, *Un Bibliophile*, panneau peint signé d'un F, cadre doré.
Haut., 0m12. — Larg., 0m07.

373. MOLNAER, *Effet de neige*, peinture sur panneau, cadre bois sculpté.
Haut., 0m18. — Larg., 0m25.

374. SEPT DESSUS DE PORTE, genre Watteau et Boucher, peints sur toile.

375. DESSUS DE PORTE, *Plantation de l'arbre de Mai*, peinture genre Watteau, camaïeu bleu, époque Louis XV, joli encadrement en bois sculpté.

376. PORTRAIT DE FEMME en costume Louis XIV, caressant une levrette, toile, cadre de l'époque, en bois sculpté.

Haut., 1m25. — Larg., 0m95.

377. LEPRINCE (attribué à), *Amour couronné de pampres, monté sur un bélier, entouré de nombreux amours dansant et jouant du chalumeau et du tambourin*, toile, cadre bois sculpté époque Louis XIV.

Haut., 0m90. — Larg., 0m65.

378. MIÉRIS LE VIEUX (attribué à), *Femme en riche toilette, tentée par l'Amour ou la Richesse,* peinture sur cuivre, cadre doré.

Haut., 0m19. — Larg., 0m27.

379. VAN BALEN ET VAN KESSEL, *Vertume et Pomone*, peinture sur panneau daté 1630. — Très bel état de conservation. Cadre bois sculpté époque Louis XIV.

Haut., 0m34. — Larg., 0m53.

380. DESSUS DE PORTE, genre Watteau, toile, cadre ovale.

381. L. MARCHEL, *Scène militaire,* peinture sur panneau, cadre doré.

Haut., 0m30. — Larg., 0m22.

382. LANTARA (école de), *Paysage de Sicile, Coucher de soleil*, toile.

383. F. GUARDI, *Vue de Venise*, peinture sur panneau, datée 1780, cadre Louis XIV, bois sculpté.

Haut. 0m30. — Larg. 0m40.

384. E. BRETON, *Vues de Constantinople*, deux peintures sur panneaux.

385. MARINE, peinture sur panneau.

386. CHEVAL HARNACHÉ, tenu en mains par un esclave, peinture sur panneau.

387. ÉCOLE ITALIENNE, *La Vierge nourricière,* peinture sur cuivre, cadre doré.

Haut. 0m21. — Larg. 0m16.

388. ÉCOLE ITALIENNE, *Vierge,* peinture sur toile.

389. D. BERGHEM (attribué à), *Retour des Champs,* toile, cadre doré.

Haut. 0m40. — Larg. 0m45.

390. SAINT FRANÇOIS D'ASSISE ENTOURÉ D'ANGES, peinture sur cuivre.

391. E. KERMMYER, *Laveuse,* toile, cadre doré.

392. PERBOYRE, *Épisode de la guerre de 1870. — Combat de cavalerie,* toile, cadre doré.

Haut. 0m45. — Larg. 0m32.

393. P. NIRÈS, *Pêcheurs au bord d'une rivière,* cadre doré.

394. A. BINET, *Souvenir des grandes manœuvres,* automne 1876, toile, cadre doré.

Haut. 0m45. — Larg. 0m60.

395. MOUTONS, peinture sur panneau, cadre doré.

396. A. BACH (élève de Cabanel et Detaille). *Le Premier Repas,* toile, ayant figuré au Salon de 1886 sous le n° 81, gagné par le n° 2580 à la Société française des Amis des Arts.

Haut. 0m90. — Larg. 1m15.

397. PORTRAIT DE FEMME, peinture sur toile, cadre ovale en bois sculpté, époque Louis XIV.

Haut. 0m63. — Larg. 0m50.

398. PORTRAIT DU CARDINAL DE MARESCOTTE, peinture sur panneau.

399. ROOS TIVOLI (attribué à), *Cavalier ramassant un gibier,* toile, cadre bois sculpté.

Haut. 0m22. — Larg. 0m41.

400. FLEURS ET OISEAUX, peinture sur panneau.

401. F. HU, *Batelier remorquant un canot,* très belle peinture sur panneau, datée 1722 et signée, cadre doré.
Provient de la vente Bonamy.
Haut. 0m90. — Larg. 1m37.

402. J. G., *Marine,* peinture sur panneau, cadre bois sculpté.
Haut. 0m14. — Larg. 0m20.

403. GILBERT, *Départ de Pêcheurs*, peinture sur panneau, cadre bois doré.
Haut. 0m14. — Larg 0m22.

404. ÉCOLE FLAMANDE, *Paysages animés*, deux peintures sur cuivre, cadre bois doré.
Haut. 0m24. — Larg. 0m33.

405. PORTRAIT DE JEUNE FEMME *se regardant dans un petit miroir*, époque Louis XIV, toile, cadre en bois finement sculpté et doré.
Haut. 0m62. — Larg- 0m51.

406. MONNOYER (Attribué à), *Bouquet de fleurs dans un vase en cuivre,* toile, cadre doré.
Haut. 0m58. — Larg. 0m43.

407. MARINE, *Effet de lune,* peinture sur panneau.

408. GÉRARD DOW (Attribué à), *Alchimiste, Effet de lumière,* toile, cadre bois sculpté, époque Louis XIV.

409. PORTRAIT DE JEUNE FEMME, époque Louis XVI, *tenant sur son bras une perruche*, toile, cadre doré.
Haut. 0m65. — Larg. 0m50.

410. MOLNAER, *Buveurs*, peinture sur panneau datée 1551, cadre bois sculpté, époque Louis XIV.
Haut. 0m22. — Larg. 0m19.

411. PORTRAIT DE LA DUCHESSE D'ANGOULÊME, toile, cadre doré.
Haut. 0m65. — Larg. 0m55.

412. C. JOUSSET, *Promenade en mer*, toile peinte, ayant figuré au Salon de Rennes, 1887, sous le nº 530, cadre doré.

Haut. 0m80. — Larg. 1m.

413. BIGNON, *Jeune Fille tenant dans ses bras des fleurs*, peinture sur toile ayant figuré au Salon de 1880, cadre doré.

Haut. 1m15. — Larg. 0m87.

414. TÉNIERS (Attribué à), *Scène de genre*, peinture sur panneau, cadre doré.

Haut. 0m20. — Larg. 0m15.

415. SCHILDE, *Marine, Effet de nuit*, peinture sur panneau, cadre doré.

Haut. 0m17. — Larg. 0m15.

416. J. SCARLAT, *Bohémienne jouant avec un paon*, aquarelle datée 1877.

417. J. SCARLAT, *Effet de neige*, aquarelle datée 1875.

418. J. SCARLAT, *Jeune Femme examinant un tableau*, aquarelle datée 1877.

419. HELLER, *Jeune Paysanne passant un ruisseau*, aquarelle datée 1890.

420. CHARLET, *Paysage*, aquarelle.

421. HELLER, *Repos du vieux Chasseur*, aquarelle datée 1890.

422. J. SCARLAT, sept aquarelles représentant des paysages.

NUMISMATIQUE

423. FLORIN D'OR Jean II ou Charles V, Saint-Joannès B.

424. TROIS PIECES DE MONNAIES ROMAINES en argent.

425. VINGT ET UNE PIÈCES DE MONNAIE en argent, aux effigies de : Maximilien II de Bavière 1852, Charles Ier de Roumanie 1881, 1883, Charles de Wuthemberg 1876, Antonin V de Saxe 1829, Alphonse XII d'Espagne 1875, Léopold Ier, roi des Belges, au revers duc et duchesse de Brabant 21-22 août 1853, Christian VIII de Danemarck 1845, Oscar, roi de Norwège, Gouvernement provisoire de Lombardie 1848, Gioacchino Napoleone 1813, roi des Deux-Siciles, Ferdinand II, de Sicile, Victor Amédée, roi de Sardaigne 1876, Maria Luigia, duchesse de Parme 1815, Georges III de Bretagne 1820, Victoria, reine de Bretagne, 1844-1862, Schelling 1727, Félix et Elisa, princes de Luc, 1805, Honoré V, prince de Monaco, 1837, etc.

426. CINQ PIÈCES DE MONNAIES ET MÉDAILLES en cuivre, époque Louis XIV et Louis XVI.

427. DIX PIÈCES DE MONNAIE en argent, aux effigies de Henri II 1560, Charles IX 1563, Henri III 1575-1587, Henri IV 1589, Louis XIII.

428. DEUX ÉCUS de six livres, Louis XV 1726-1771. — PETIT ÉCU Louis XV 1764.

429. ÉCU de six livres Louis XVI 1780. — TROIS PIÈCES DE MONNAIES Louis XVI 1791-92-93.

430. ÉCU de six livres, République française, 1793. — PIÈCE de cinq francs République française, an II. — TROIS PIÈCES de cinq francs Louis XVIII 1814-1821. L'autre porte au revers l'effigie en creux de Louis XVIII.

431. PIÈCE de cinq lires, Napoléon Empereur et Roi d'Italie, 1807. — Petite PIÈCE d'un demi-franc, Napoléon, 1813.

432. PIÈCE de cinq francs, Gaule subalpine, an X.

433. TROIS PIÈCES DE MONNAIES RUSSES, montées en boutons de manchettes.

434. MÉDAILLE en argent, Louis-Philippe, Cherbourg, 1833.

BIJOUX

435. ÉPINGLE de cravate, Bagues, Montres, Parures, etc.

436. PIERRE DURE, gravée en creux, *Léda*.

437. PIERRE DURE, gravée en creux, *profils de deux têtes romaines :* au revers, *un scorpion*.

438. BAGUE époque Louis XV, chaton orné de cailloux du Rhin, argent doré.

439. BAGUE époque Louis XV, chaton orné de cailloux du Rhin, jolie monture en or ciselé.

440. ÉTUI époque Louis XVI, argent ciselé.

441. MONTRE ancienne à répétition, en or.

442. BAGUE, camée ancien.

443. ANNEAU en or, émeraude taillée en cabochon.

444. BAGUE CHEVALIÈRE, améthyste gravée en creux d'armoiries, monture en or.

445. PARURE, grenats taillés en cabochon, montée sur or.

446. BAGUE CHEVALIÈRE, topaze brûlée, gravé en creux d'armoiries.

447. BOUTONS DE MANCHETTES, grenats montés sur or.

448. CHAINE DE MONTRE en or et en platine.

449. EPINGLE DE CRAVATE, sept brillants montés en marguerite.

450. BAGUE, turquoise et deux diamants monture en or.

451. COUTEAU à deux lames, dont une en argent.

ARGENTERIE

ENVIRON 37 KILOGRAMMES

452. COUVERTS DE TABLE, cuillères à ragout, à œuf, à sucre; bouts de table, casseroles, etc.

453. CRONNE, en argent.

454. BOUGEOIR époque Louis XVI, poinçon vieux Paris.

455 CUILLÈRE A SUCRE, forme cœur.

456. SIX COUVERTS DE TABLE, ornés de fleurs de lys ciselées, argent bruni.

457. DOUZE COUVERTS DE TABLE, filets et coquille, poinçon vieux Paris.

458. COUVERT DE TABLE, filets et coquille, poinçon vieux Paris.

459. SAMOWAR, métal plaqué argent.

460. PORTE-HUILIERS ET DEUX BOUTS DE TABLE, Louis XVI, ciselés.

461. UN GRAND PLAT ovale, et un petit, bords chantournés.

462. SIX PLATS RONDS, bords chantournés.

463. DEUX SAUCIÈRES, avec leurs plateaux.

464, DEUX LÉGUMIERS, couvercles à bords chantournés ornés de légumes en relief formant boutons; double cuvette indépendante en métal plaqué.

465. DÉJEUNER, avec plateau et couvercle orné d'une rose formant bouton; au marli raie de cœur, époque Louis XVI, poinçon au coq.

466. DRAGEOIR époque Louis XV, bords contournés, anses avec coquilles, poinçon vieux Paris

467. PLATEAU en ruolz,

468. COFFRE-ÉCRIN renfermant : 24 couverts de table, 12 fourchettes, 1 louche, 1 truelle à poisson, 6 cuillères à sel, 2 cuillères à ragoût, 2 cuillères à sauce, 1 pelle à asperges, 54 couverts d'entremets, 1 couteau et 1 pelle à glace, 1 pelle à fraises, 1 couteau à beurre, 1 cuillère à sucre, 1 pince à sucre, — le tout à filets avec coquille, style Louis XV, 1 service à découper, 1 service à salade, 30 couteaux de table et 24 couteaux à dessert lame acier, 24 couteaux à fruit lame argent, le tout manche argent uni ou guilloché.

Ce numéro sera divisé.

469. SERVICE A CAFÉ ET A THÉ, style Louis XV finement ciselé, composé de : 1 cafetière, 1 théière, 1 sucrier, 1 pot à lait.

470. ÉCRIN renfermant : 2 services à découper, 24 couteaux de table, 24 couteaux à dessert lame acier, manche ivoire, virole argent.

471. MOUTARDIER, monté sur trépied, terminé par des têtes de femme ailées, vasque en cristal bleu ; quatre salières montées sur trépied terminé par des têtes de Bacchantes, pieds reliés en triangle par des barres ajourées, vasques en cristal bleu ; époque Louis XVI.

472. DEUX SALIÈRES, forme marmite, argent émaillé, de provenance russe.

473. PETITE CAFETIÈRE Louis XVI, poinçon tête d'Hippocrate.

474. ÉCRIN renfermant : 1 timbale, 1 rond de serviette, 1 coquetier et sa cuillère, 1 couvert, 1 couteau lame acier, le tout en argent, orné de feuillages gravés en creux et dorés.

475. ÉCRINS renfermant deux tasses à bouillon et leurs soucoupes.

476. ÉCRIN renfermant : une tasse à anse, avec sa soucoupe et sa cuillère, en argent doré, ornée de fines ciselures. La panse de la tasse, le marli de la soucoupe, le bout de la cuillère sont ajourés.

ARMES ET DIVERS

477. ÉPÉES et pistolets de combats ; fleurets, accessoires d'escrime et de chasse.

478. PAIRE D'ÉPÉES d'escrime ; garde en acier ciselé.

479. FUSIL à broche, calibre n° 16, canons Eugène Bernard, canons de rechange, dont un rayé.

480. SABRES de cavalerie française et étrangère.

481. REVOLVERS de diverses marques.

482. PELISSE fourrée, vison du Canada.

483. BICYCLETTE CLÉMENT, caoutchoucs pneumatiques et ses accessoires.

484. APPAREIL PHOTOGRAPHIQUE 9 × 12. *Portefeuille*, instantané et accessoires.

REMISE, ÉCURIE

485. CHARRETTE ANGLAISE, genre dog-cart, de chez B. Water, à Londres.

486. PHAÉTON, sièges couverts en drap bleu, de chez Azéma, à Paris.

487. BREACK à 7 places, de chez B. Water, à Londres.

488. VICTORIA, sièges couverts en drap bleu et en maroquin noir, de chez Poitrasson, à Paris.

489. DEUX PAIRES DE HARNAIS doubles, bouclerie de cuivre.

490. PAIRE DE HARNAIS doubles de poste, avec bricole, bouclerie de cuivre.

491. HARNAIS à un cheval, de chez Beck, bouclerie de cuivre.

492. SELLES anglaises, selles de dame, selle de dressage dite Jockey, dont plusieurs proviennent de la maison Theurkauff.

493. COUVERTURES d'hiver et d'été, surfaix, licols, fouets, mors, accessoires d'écurie.

494. COUVERTURES DE MAITRE, en drap et en fourrure.

495. LIVRÉES.

NOTA. — *Plusieurs numéros du Catalogue seront divisés pour la vente.*

Ordre des Vacations

LUNDI 19 :

Armes et Divers.........	Du N° 477 au N° 484.
Remise, Écurie...........	— 485 — 495.

MARDI 20 :

Faïences.................	Du N° 3 au N° 16.
Porcelaines..............	— 17 — 51.
Sièges...................	— 157 — 170.
Meubles..................	— 183 — 191.

MERCREDI 21 :

Tapisseries..............	N°s 1 et 2.
Porcelaines..............	Du N° 52 au N° 91.
Sièges...................	— 171 — 178.
Meubles..................	— 192 — 203.
Tentures.................	— 224 — 226.
Objets d'Art.............	— 227 — 236.

VENDREDI 23 :

Porcelaines..............	Du N° 92 au N° 126.
Meubles..................	— 204 — 209.
Curiosités...............	— 292 — 313.
Livres...................	— 314 — 325.

SAMEDI 24 :

Boites et Miniatures.....	Du N° 326 au N° 346.
Tableaux, Gravures......	— 347 — 422.

LUNDI 26 :

Porcelaines	Du N° 127 au N° 156.
Sièges	— 179 — 182.
Meubles	— 210 — 213.
Objets d'Art	— 237 — 265.

MARDI 27 :

Meubles	Du N° 214 au N° 223.
Objets d'Art	— 266 — 291.
Numismatique	— 423 — 434.

MERCREDI 28 :

Bijoux	Du N° 435 au N° 451.
Argenterie	— 452 — 476.

Nota. — *Pour tous autres renseignements, s'adresser à l'Hôtel des Ventes Mobilières, rue Hoche, 6, Rennes.*

Imprimerie Rennaise, rue Bourbon, 5. — L. Caillot.

RENNES — Hotel des Ventes Mobilières, 6, rue Hoche, 6 — RENNES

CARTE D'ENTRÉE

Personnelle

A L'EXPOSITION DE LA COLLECTION

de M R-JOUIN

Valable Dimanche 18 Nov 1894

Delivrée à M [illegible]

Le Commissaire-Priseur,

www.ingramcontent.com/pod-product-compliance
Ingram Content Group UK Ltd.
Pitfield, Milton Keynes, MK11 3LW, UK
UKHW021951260726
13994UKWH00004B/1669